U0068276

邂逅之後

陳意爭・著

目　次

我是老師

我是媽媽

詩評

序 ✽ 她的詩會說故事

周慶華

　　詩人以孵意象為業，孵熟了，詩就破殼而出；而破殼而出的詩，又會聚集成群，相互牽引輝映，酷似一座百花通氣的園圃。我看詩人的詩集，都不禁要做這樣的聯想；眼前絡繹奔會的意象，就像那花團錦簇，香在眼而亮在心。

　　但倘若詩不以意象自珍了，又會怎樣？那就說故事。用詩說故事，也是詩中一格，向來都叫做「敘事詩」，它跟泛泛的說故事不一樣的地方，在於它蘊涵有靈心妙意，和精鍊含蓄的語言，可以讓人玩味不盡。好比小說中的故事，能曲折、能離奇、能感人，但就是不能醞釀濃烈的情意而給人閒賞品嚐；只有詩裡的故事，才足以引發人猜想和入迷的樂趣。

　　意爭的新詩集《邂逅之後》，正是屬於這一類。她不耐逗留經營一些可用來隱喻或象徵的意象，卻急切於說一個又一個別人鮮少會聽見的故事。那些故事，關係著她怎樣成為一個另類學生、麻辣教師和基進媽媽，而用詩說來特別醰醰有味。如：

課堂筆記

阿你自己要懂得

通常來講的話

如果已經鎖定對象那接下來會碰到

又回過頭來講內容結構

因為這些就牽涉到

是哪一個部分嘛

就學習對不是只有那個最新是不是最好

那你們自己在區分什麼叫指南

怎麼判斷權威性

比較多比較好比較

過去來講的話或者怎麼樣子

那我們就是那個啦哈

常這個厚

　　這是她在模仿讀研究所時某位老師課堂的講話，維妙維
肖，足見她心裡隱藏著說出「始終聽話的學生是最對不起老
師的」那位尼采的影子。又如：

邀請卡

我們完全平靜地宣布
我們大家都不喜歡的老師老闆老大老爸老爺爺
因為三輩子太堅持逃走了
所以我們不會相約在陶花源慶祝父親節
更不可能在8月6日（星期三）晚上6：00準備詩來
　　送給他
因為他一直都在恐嚇我們
搶走我們買單的權利
請大家像他一樣也
逃走吧

　　實際上這份邀請卡是在我手裡的，那是她們於研究所畢業前夕，正逢父親節，一群夥伴要為我賀節，意爭就寫了這張帶哈維爾風的邀請卡。當時我一邊欣賞她的慧點，一邊享受別緻的餐點；爾後就一直珍藏著她所帶給我的另類奇思的感動！

　　詩集第一部「我是學生」，不只是在說她讀研究所的際遇，也在說她參加各種研習「當學員」的見聞，當中多有不滿時下一些教育觀念。如：

憂鬱預防

推動資源回收環境保護已經中毒太深
教學時同樣也強調再利用的可能
如果閱讀內容能夠改變學生
又何須老師重複嘮叨
小團體輔導的課程中就有例子
為了患有魚鱗癬的孩子
跟大家說了一隻鱷魚走錯鴨巢的故事
要孩子認清自己重新選擇活出自己的人生
似乎比較實在

　　一般教師在面對患有殘疾的學生，都習慣以「一隻鱷魚走錯鴨巢的故事」來比喻對方的誤落人間，而奢望可以達到「寬慰」的效果。其實，這種「再一次提醒他們有殘疾」的作法，只會加深對方的自卑和挫折感；倒不如教他們「活出自己的人生」而不再「祈求別人的憐憫」來得實在！可見意爭有自己獨到的見解，不願跟其他學員同樣「安分」受教。又如：

心肺復甦術

呼吸停止四分鐘後開始腦死
還是得電擊喚醒忘了跳動的心臟
叫叫ABC的步驟
可以救回多少人命
如果今天有一個人突然在你面前倒下
沒了呼吸也少了心跳
會救他的請舉手

這又是在質疑「心肺復甦術」一類研習的徒勞無功,因為真的到了緊要關卡大家還是會選擇袖手旁觀,「救人」就留給別人了。顯然意爭的「另類學生」性格,始終一貫;但她的好學(包括不是本業的英語教師研習她也報名參加),卻少人能及。也正是這樣,她才真正的做了自己;雖然另類,卻另類得令人讚賞!

至於她是個麻辣教師部分,那也有很多故事可說。而事實上,她就用詩說了不少他施展十八般武藝教導學生的有趣的故事。如第二部「我是老師」中,「講了一百次我想跟你看書/終於等到回應/簡單一句好/好簡單一句/笑容立現」(〈盼〉),這是她教誨「金口難開」的學生的故事;「我能在你眼中看見火光閃爍/尤其是在我那長篇大道理之

後／感謝你沒有露出倦意／只可惜／你總是讓我想再次確認／究竟你眼中的是恆星還是流星」（〈問〉），這是她開導「話左耳進右耳出」的學生的故事；「笑話只有自己懂／還要聽到的人全交一篇報告／說是　要理由／說不是　一樣要解釋原因／看窗外是分心／兩眼直盯視為發呆／腦子呼吸心跳都限制／連思緒都不准亂跑／還談什麼創意」（〈老師那一套〉），這是她在反調侃某些「缺乏創意」的教師的故事。此外，她在學校還額外指導學生跳舞、合唱、英文、演戲、做饅頭早點和美化校園等，而在最後一天最後一堂課，還「送給大家出離埃及的故事／請細細品味」（〈我們這一班〉）。意爭的麻辣教師性格，已經從她的內心直通到外表，經常藏不住她那「要做很多奇巧且有意義的事」的衝動。

還有她也是兩個孩子的媽，大女兒、小女兒都很靈巧可愛，也喜歡爭寵，但她卻無意把她們調教成「乖乖牌」（因為她自己就不是這類人）。如第三部「我是媽媽」中，「靜靜等你吃掉最後一口／這樣我就能擁有剩下的所有／待會換我吃給你看／我絕對不分給你」（〈忍耐〉），這是她在小孩「偶爾不好好吃東西的時候」的對待方式；「身高不夠沒關係／媽媽抱抱／拿不到肥皂沒關係／媽媽幫你／水打不開沒關係／媽媽來開／洗好手後記得擦乾／今天我們兩個總共洗一百次了」（〈手〉），這是她為滿足小孩「自己成長做事」的策略；「你看／七隻小羊沒被吃掉／媽咪用剪刀保護

他們／不想大野狼死掉／就叫他到水裡游一圈／再讓小羊把他救起／最後一團和樂唱完片尾曲／然後可以含笑說晚安／反正故事是人編的／愛怎麼演就怎麼演／我也不贊成用真實扼殺純真的童年」（〈保留〉），這是她引導小孩「認識人生」的方案，都基進得很。而故事特別可聽的是，她的反向的悠閒樂章：

與悠閒有約

悄悄起床窩在餐桌
有人跟著出來說想吃蔥油餅
爐上的火才剛點著
她的手上就多了包捏碎麵還要外加優酪乳
拿來了叉子要求再拿根湯匙
剛打了的噴涕來不及擦
嚷著想上大號
坐上馬桶也沒閒著
問蘋果什麼顏色香蕉什麼形狀
屁股擦完還沒洗手
又改變心意畫圖去了
等不到我的悠閒只好跑去睡覺
坐在它位置上的就是我的二女兒

已經忙成一團了，還自我戲謔說這是跟悠閒有約！因此，她難得有這麼一刻：「凱薩沙拉醬拌切絲高麗菜／加杯香濃無糖拿鐵／好一個清閒的早晨／孩子都還在睡／真好」（〈早餐〉）。一個基進媽媽，也得跟忙碌賽跑，偶爾可以喘息一下，還是在擔心「怎樣才能把孩子拉拔長大」。而整體來看，意爭的基進媽媽角色又是在不求回報中形成的。所謂「再完成一個任務／也得不到動物救難徽章／卻可以換來你的微笑／那就值得」（〈媽媽的工作〉），就是最好的證明。

　　這麼一來，意爭的詩就著染上了自傳的色彩。她以詩抒寫自己的人生，也以詩宣告她對這個世界的熱情，故事不必波瀾壯闊，就已經點點滴滴的織進讀者的心坎，久了一定會發酵而開出悅人耳目的新花朵。

　　梵谷說：「每一個人都應該過著簡單而美麗的生活，而藝術家應該為這世界留下一些美好的東西。」意爭兼具藝術家的身分，現在又努力當詩人，這本會說故事的詩集是她留給世界的好東西，值得歆羨！

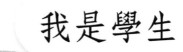

我是學生

❁初次見面

從炎熱的中午
到涼爽的傍晚
天南地北說閒話
白頭翁還在雲霧枯藤中橫裡沉醉
突然搶著機會爭說話
瞥見太平洋上一點
迅速判斷歸類
忍不住驚聲
是蘭嶼
於是空氣就凝
結在枯樹與孤島之間
直到現在

恬念刺蝟

天空放聲泣訴一個人的父親節
一響半鈴聲送來訊息
背包裡的蛋糕在我胃裡溶化
我吃掉了　充數
祝你父親節快樂

註：周慶華老師曾在詩中暗指自己像刺蝟。

矛盾哲學

剛開始又接近尾聲的現在

省吾身

一雙疲憊的腳讓別人家的狗拖著

說好聽一點就叫溜狗

卻只想飛奔擁抱可愛的女兒

夜裡好不容易入睡

陣陣鈴聲載著垃圾車攪和了夢的香甜

不看電視只聽廣播

沒有畫面的資訊照樣可口

誰說燒仙草不能吹涼了吃

合不合邏輯的問題本來就不合邏輯

我也才剛幫我那個不用電腦

卻批判電腦的教授在網路上訂購了一本書

內容我不清楚

書名卻打了九百九十九又九分之九次搜尋

什麼都推給哲學

反正我也想敲頓晚餐

一首詩換一餐很划算唷

✳瓶子裝什麼

吞下一口橡皮
原來是為了換一瓶裝的好運
319沒有兩顆子彈或一塊蛋糕
只充滿爭辯後濃醇的回憶
在那裡我已想好論文的謝詞
儘管還有待填補內容

❋又有詩

也不好好上課
頂著烈日送來一首又一本的詩集
加上二十分鐘仍止不住的喘息
贏得了滿堂喝采不要緊
卻連累有人也想寫一首
嚼著零食並滿臉傻笑
抱歉懸崖上的僧人
在下救不了你

❋還有詩

氣勢即將爆發的山洪換了上來
等著哪個不要命的推他一把
兩個小時的討論能不能一個例子總結
答案不重要不是重要的答案
不懂的理解能理解就懂
說穿了不過權力意志
逼得敝人強忍睡意
享受從夾層中偷看詩集的快感
管它的
這個暑假懷孕的最大

註：寫於一個有關知覺的課堂討論有所覺知之後。

✻課堂筆記

阿你自己要懂得

通常來講的話

如果已經鎖定對象那接下來會碰到

又回過頭來講內容結構

因為這些就牽涉到

是哪一個部分嘛

就學習對不是只有那個最新是不是最好

那你們自己在區分什麼叫指南

怎麼判斷權威性

比較多比較好比較

過去來講的話或者怎麼樣子

那我們就是那個啦哈

常　這個厚

✳ Meeting

踩著一輪二十五的速度狂飆

終於上了中華大道駛進市區

前方的單車伯

你別再回頭

我了解你的納悶

咱們臺東市的路就這麼大

要不請你先閃一邊

別龜速行走在汽車道上

或許你看不出我正在趕時間

快點誰來主持公道

一名機車騎士又來湊熱鬧

車牌上三個斗大的英文字似乎猜中本人心思

ＸＸＸ絕對不是罵三字經

只要別把它唸成差差差

❋新希望

抽空就想找些助力
果真見面後的第一句
便是劑強心針
第六章寫完沒
又嚇出一身冷汗
勉強逼出啟動了大腦
駕著十隻手指再次出發
還聽說最近又繁衍出許多疑難雜症
只能抱拳鞠躬佩服佩服
哪來的動力分我一點
也好趕快搞定回家過冬

85℃

蛋糕奶茶和咖啡紛紛鼓動熱情
罷工了的冷氣只許了一個睥睨的眼神
搭配上頭也不回的涼風扇
溫度剛好
就八十五度

✳最後一頁

冷凍空氣中的清新
即將結束
產出
一頁歡呼

❀爸爸的期望

從你臉上我聽不見心跳
世界在數字間打轉
你的過去我不曾存在
又如何擁有
你當年的優秀

❋讀你

從爸爸鐵青的臉
我看到不及格的憤怒
再怎麼白目我也知道
要他拿出曾經優秀的證明
還是下次再說吧

❋邀請卡

我們完全平靜地宣布
我們大家都不喜歡的老師老闆老大老爸老爺爺
因為三輩子太堅持逃走了
所以我們不會相約在陶花源慶祝父親節
更不可能在8月6日（星期三）晚上6：00準備詩來送給他
因為他一直都在恐嚇我們
搶走我們買單的權利
請大家像他一樣也
逃走吧

> 註：本詩仿哈維爾（V.Havel）風格。

❋代間教育種子教師

家庭教育是我負責宣導
不是學校指派去
課務都得自理
希望能帶些東西回來貢獻
最大的收穫竟還是在自家的經營
現代人孩子生得少
醫療發達
人口老化少子化雙重衝擊
老年人居多是未來的寫實
教育應重視與長輩相處的課題
免得晚年住在安養院
還得自掏腰包誘迫孩子回來看我

❋天使導師研習營

一個有關生命教育的問題
好沉重
雖然我們總是說它重要
但是在搞清楚定義之前
還真不知道到底要做些什麼

所幸
伴隨豐富的表情誇張的聲調
終於搞懂
原來生命教育的目的
在了解生命價值
在提升挫折容忍力之外
最重要的是擁有不自殺的能力
那是現今社會值得重視的問題

透過媒體的傳播
常誤導民眾以為自殺率最高的是青少年
其實根據統計

自殺死亡率中老年人就佔半數以上
而且居高不下
原來這群默默為子女付出大半人生
我們看來最有智慧年高德劭的老人家
最常被社會遺忘
因為小孩出生
因為賺錢持家很重要
因為每個人都忙著自以為重要的事
忽略了家中的長者
結果
他們就偷偷自殺了

大人為大事煩惱
小孩當然會為小事煩惱
人人都有情緒有感情
何以孩子就不該有抒發的管道
在家被罵
慘了，爸爸不愛我了
在校被冷落
完了，老師也不喜歡我
跟同學朋友吵架
死了，我連朋友也沒了

就這樣喪失自我價值
鼓起莫大勇氣乾脆死了算了
這不是小事
這關係到整體家庭學校及社會
顯然這裡每個部分都出了問題

有鑑於此
學校中任教的我們
似乎不能再說沒時間管生命教育這種話了

不知道我能做多少
研習結束之前
講師發表他的感言
正說中了我的心理
不在乎有沒有做完只在乎有沒有做
這也是我對自己的期許

❀ 特教計畫

回歸主流的方式
期望的是個一同學習的機會
如果不能有一套符合需求的教學計畫
對他而言也會是一種傷害
老師更無所適從
特教知能研習
有系統的認識特教學生
學習如何撰寫IEP
抱著學習的態度報名參加
獲得初步概念
並帶回一些資料可供參考

❋ 創意研習

有沒有問過自己為什麼孩子要學英文
有人試著給孩子一個舞臺
有一天他們竟也變成老師
為可以影響自己的族人而感到驕傲
不再是學習成就低落的一群
我慶幸沒有推動上的困境
不由得在心裡點起永燃之火

❋專業成長（一）

動機勤奮好學根據講師的分類
不是現職英語老師還願意學習成長
該是個好學的人
難得有人這麼賞識
讓人上起課來更是起勁

那是心中的一個願望
不一定是把學生教得厲害
藉著跟孩子互動的機會
增加自己對語文學習的動機及時間
一舉數得

同樣是遊戲化的教學方式
是手段不是學習的目的
複習測驗都不可少
短短四十分鐘一堂課
要進行的步驟還真不少
意外之喜還有
得意聽得懂全程英語教學

✿ 專業成長（二）

所有的障礙都不出素質參差不齊這一項

再多的方法策略或遊戲

都只能暫時放下

再回到最基本的教這個動作

沒有立即成績評量上的需求就不會被重視

老師也難為

✳英語教學（一）

講的還是閱讀這件事
唯一沒有文化隔閡的例子

英語教學（二）

以聲音動作加深印象
猛背字母單字那一套已經過時
聽說讀寫的順序不能弄錯
碰上不規則來搗蛋的傢伙
多加展示練習就能熟能生巧
這帖自然發音法的良藥
加水溫火慢燉七七四十九小時後服下
學英文也應該給予尊重

✳青少年

犯罪率公平對待
中輟生在校生相差不多
同樣由心理生理交友等因素支配
更加說明學校教育的重要
雖不保證校園一定安全
但為了減少被利用的機率
回到單純還是最好

✳ 師資培訓

總是會有人喜歡做傻事

暑假還得利用時間集合學生

就為了辦一場自己聽了都會偷笑的讀書會

✾兒童音樂劇

劇本不一定要憑空想像

故事或傳說加些料也很精采

解說外加動作呈現

忍不住想加入劇團演出去

石膏繃帶製作一個屬於自己的面具

雖然累

收穫也不少

❋ 遊戲教育

困在自己世界裡的孩子
在遊戲中找到出路
與人互動的方式如此簡單
遊戲是基本人權
樂在其中的人有福了

✳工作坊

兩位來自泰源國小的老師
讓我對在地素材的教學燃起希望
擔心自己並不是土生土長的臺東人真是多餘
恐怕沒辦法帶給孩子正確的在地資訊也是多慮
不該把在地過度侷限
開著車子到河床上撿取漂流木
費盡千辛萬苦帶回加工
需要克服困難
體驗從無到有的過程
全程參與作品產生的每一個細節
這樣的學習更有意義
就先做了再說吧
從撿樹葉拓樹皮開始
認真的想想每一片樹葉的故事
或者我們也能從中找到自己的特色

❋達克羅士

不可思議整天都不曾倦怠
站著上課或走或跳或拍或停
以旋律及肢體律動取代傳統教條式教學
強調自體感受
教學中不再只剩下一個人知道自己說些什麼

❋民俗舞蹈

報名純粹因為那張光碟
順便扭腰擺臀跟著欣賞各地民謠
有吃又有拿最是吸引
文字版的舞步可以輕易收起回憶
帶回家再跳上一段

✳文化學習

驚訝於新住民的成長速度
用不著擔心有一天再被統治
自己不快點振作
那也是遲早的事

❋補救教學

挫折在話題中延燒
不知如何施力的無力感在研習之後
去年學測成績以及排名的難堪
似乎讓太多人釘在牆上不敢下來
破解倒數第二名的窘境
還需進步現在的百分之二十
補救教學的概念因應而生
趕上其他縣市甚至超越他們的神話也在民間流傳

✳人權法治

少有的感動從頭到尾
生硬的議題也能引人入勝
沒有法好治學生
強調的不過是自己的心
許多例子看見背後那個老師
明師指引人有所不同
何其有幸
竟有機會讓別人的生命改變
專業愛心的答案都太落伍
換個健康的形象爭著上台搶答
才有體力教學生

牧書人

從無到有的過程
一點一滴建立起圖書王國
藉助愛心義工加入
也分擔了老師的壓力
其實擁有的資源不少
藏書論量豐富
只要有心
就能培養孩子愛看書的習慣
若還有不足
應該就是將閱讀情形作成紀錄
以心得報告的呈現方式
精美量多的書寫要求
漸漸讓孩子對閱讀產生厭惡
值得三思

✽ 藝術治療

兒童繪畫發展理論

塗鴉前樣式樣式黨群到擬似寫實

藝術品的呈現

有造型就有概念

有顏色就有情緒

有線條就有動作

透過對創作品的分析

判斷出智能所屬的時期

對照各方面的表現

常被使用在診斷特教學生上

對一般教學也有幫助

✽樂樂棒球

由此可以證明命名的重要
它都說了樂樂怎麼會不快樂
遊戲過程中堅持不能罵人
漏接球或者傳球不順
不知道往哪裡跑壘原地打轉
好玩嘛
記住
樂樂棒球是給人玩的
強烈建議主任請購一組
讓全校師生同樂一下

✳憂鬱預防

推動資源回收環境保護已經中毒太深
教學時同樣也強調再利用的可能
如果閱讀內容能夠改變學生
又何須老師重複嘮叨
小團體輔導的課程中就有例子
為了患有魚鱗癬的孩子
跟大家說了一隻鱷魚走錯鴨巢的故事
要孩子認清自己重新選擇活出自己的人生
似乎比較實在

❋運用博物館

阿美族植物展苦口婆心
無非是希望多有人到館參觀
實地展場進行參觀
講解及實際操作
看見族人運用自然資源環保意識下的生活方式
地下室還能聽見傳說
環境寬敞空調舒適
一整天的疲累在這裡獲得救贖

✳隔閡

現代北京人沒網路沒電視也不看報紙
當然稱不上被媒體宰制
說是社會現實障礙更為貼切
我就是這樣的媒體人

✳媒體素養

剪輯刪修的結果無法呈現現場真實
眼見為憑不是指標
媒體製作者應該保持中立
不容易做到才需要閱聽人保持警戒
批判不是限制而是不願被奴役的過程

❋新詩與作文

很重要卻也很難教的兩個部分
沒有方法秘笈卻在寫中總結
從無話可說到有話想說再到好好的說
管它文章結構修辭技巧還是標點符號
總之先寫了再說

✽專業團隊

前半場簡介醫療系統專業服務

後半場說明特教相關資源網路

一知半解的物理職能治療

甚至教育系統的團隊成員

治療師的訓練範圍

復建專業團隊的運作

抱歉無法理解

看來我還得再尋求協助

✳障

座位靠近老師
縮短簡化學生作業
先行預防原則
良性補習考試筆記簿口訣
教導社會技巧組織能力
行為改變技術增強良好行為
不當行為以忽視告誡隔離處理
環境再設計減少不必要的刺激

❀ 心肺復甦術

呼吸停止四分鐘後開始腦死
還是得電擊喚醒忘了跳動的心臟
叫叫ABC的步驟
可以救回多少人命
如果今天有一個人突然在你面前倒下
沒了呼吸也少了心跳
會救他的請舉手

❋ 我回來了

呵呵呵我的金孫喔
你會不會冷
奶奶幫你蓋被被

奶奶抱著剛出生沒多久的阿弟仔
姐姐阿萍突然闖進來
一句阿嬤，我已經回來
讓奶奶嚇得差點跌下來
正想回頭吼她壞
口中的指摘還來不及說
又想起其他事來
趕緊催促阿萍快點去煮飯菜
不然爸媽一回來
又要被修理罵懈怠

話一說完
奶奶頭也不回的抱著弟弟走進房間
留下阿萍面對冰冷的客廳

隔一天
阿萍到學校上課滿腔怒氣
課堂上說的都聽不進去
直到下課鐘響起
全班向老師行過禮
只見阿萍拿著書包要回去
班長學海趕緊喊道
阿萍，你要去哪裡
我們是一個團體
難道你都不著急

沒想到這句話卻惹怒了阿萍
劈頭痛罵
你個死娘娘腔，我今天心情不好，不爽練
沒事情叫我演什麼有錢人家的少爺
我就是生來沒人管沒人愛的野孩子啦

一旁的宜均聽見這樣
趕緊過來打圓場
唉唷！阿萍
你怎麼可以說人家娘娘腔
不尊重別人還會鬧很僵

老師說這是性騷擾
況且大家已經討論好
你現在又跟他吵
這樣我們也很困擾

其他的同學也答腔指摘阿萍的不是
這些舉動讓阿萍更是惱羞成怒
對著同學大叫
你最行你最厲害，要練你們跟娘娘腔一起練
說完阿萍大步走出教室

班長在同學的安慰下
承認這件事他並不驚訝
不過當務之急是融洽
找時間與阿萍談談也得私底下
心地善良的宜均
也替阿萍說話
學海，你不要太在意
你知道她是善良壞脾氣
最近她家添了一個弟弟
阿萍心理不平衡才會處處跟大家過不去

嗯！我知道，謝謝你們

就在大夥又恢復嬉笑怒罵的同時
剛才生氣走出教室的阿萍
獨自一個人走到公園
心裡懊惱著剛剛對學海說的話

我其實不想說那些
可是不知道怎麼了耶
我怎麼控制不了自己的嘴
明明知道這一切
都是為了班上的團結
但是看你跟其他同學
我就吃醋心打鐵
你花很多時間跟他們討論細節
加上現在我是姐姐
這一切轉變太強烈
全世界都向著他
沒有人要理我
唉！我知道我應該好好跳我那段舞蹈
那也是你幫我爭取來的要角

可是我怎麼這樣搞
唉唷！變得一團糟

阿萍說著說著
內心又響起那段配樂
忘情的跳著自己分配到的那段舞蹈
這時廣播電臺雷公不知道從哪裡冒出來
帶著嘲笑的語氣大聲嚷嚷
噢！阿萍暗戀班長！我要去告訴大家

阿萍激動反駁
你在亂說什麼
誰暗戀班長嘍
你不要亂說話喔

雷公卻絲毫不肯退讓
反而乘勝追擊
我偏要說
誰叫你平常時都欺負我
我剛剛聽了你的吃醋說
現在我要去四處廣播

這番話讓阿萍氣得扭住雷公的書包
提起拳頭
作勢要痛打雷公一頓
說時遲那時快
碰巧班上號稱乖乖牌的同學紜欣剛好經過
雷公馬上見機行事
上演一段惡人先告狀的劇碼

唉唷！怎麼辦
我只不過剛好路過把阿萍喊
就被扭住當賊看
把我的新書包丟地板
害我嚇破膽
誰都不准對她偏袒
我們去告訴老師看她還敢不敢

聽雷公這樣一說
紜欣當然又得數落阿萍一番
大家連番的誤解
使得阿萍更加武裝自己

好啦！好啦
你們都是有氣質的帥哥美女
我就什麼都很差
要告訴老師就去吧
反正我的罪名已經罄竹難書了嘛
無所謂再被老師罵
但是你們給我小心一點
要是敢在外面亂說
我一定會把你們打得滿地找牙

一記耍狠的眼神閃過紜欣及雷公
語畢
阿萍邁開步伐走掉
紜欣因為專注看著阿萍
而沒注意到雷公臉上那一抹微笑

過了幾天的一個早上
阿萍為了洗弟弟尿濕的被單兼蚊帳
上學時間又遺忘
趕著到學校的半路上
聽見有求救的聲音迴盪

救命啊！救命啊

是雷公

阿萍心中一陣納悶

會是誰在欺負雷公呢

好奇正義的驅使下

阿萍決定轉進巷子去一探究竟

才依踏進巷中

就看到低年級的阿豪正在欺負雷公

阿萍二話不說就往前衝

你這個小弟弟

學當強盜你算老幾

還是你仗著自己很強壯想演戲

有種你跟我單挑，我陪你

阿豪阿萍與雷公一陣拉扯

突然聽到吹哨

原來主任正在附近執勤

一行人被帶回辦公室

了解整件事情的經過

這時班導師陳老師衝進辦公室

他很擔心阿萍又惹事了

陳老師你先別急
因為阿豪要搶走雷公的東西
阿萍才會跟他湊在一起
最不應該的是阿豪你
因為自己是男生就把別人欺
搶贏了別人也不值得歡喜
至於你阿萍
見義勇為是可行
但是單挑阿豪也算沒品
不需要這樣就把命拚
還不如過來把主任請
讓我評理把事非對錯都釐清

被主任這樣一說
阿萍不好意思起來
急忙解釋
我不是故意的
一時氣不過才這樣說

我知道
做事能三思而行是最好

至於阿豪
罰你午休的時候來撿學校的垃圾
還有
你要先跟學長姐們說對不起

主任的教訓與教誨
讓阿豪聽了十分羞愧
一句對不起好不容易擠出嘴
跟著還偷偷滴兩滴眼淚

這時班上同學們都擠到辦公室來關心他們
紜欣開口就說
阿萍，你好厲害
宜均也接著說
對啊
改天你要教我防身術
看那些臭男生還敢不敢欺負我
雷公逮到機會說
還有我也要跟你說對不起
幾天前我偷聽你說話
讓你那麼生氣

被雷公這樣一說
阿萍也不好意思起來
其實我自己心情壞
就亂找人家當擋箭牌
你們別這麼見外
尤其是學海
這幾天我的心裡煎熬也難怪
說你娘娘腔是我不該
其實你真的很帥

沒關係
既然大家都和好了
那麼我們是不是該回教室準備我們的演出了呢

大家異口同聲的答好

剛剛搭救雷公的阿萍
就像英雄一樣受到歡迎
全班變成一個大家庭
更加認真更要緊
希望正式演出的情形
可以相當完美缺點零

另一方面
在家裡得不到大家關注的阿萍
心裡最大的願望就是希望家人可以來看她的表演
讓家人以她為榮

日子過得很快
終於到了正式演出這天
距離表演只剩五分鐘
奶奶匆忙抱著阿弟仔趕進會場
口中還不斷嚷著
阿萍就跟我說今天要來看她表演
抱阿弟仔來好驚險
實在不知道她怎麼這麼愛現
到底是要不要臉

奶奶話還沒說完
就被廣播器的樂聲嚇一跳
趕緊找位子坐下
主持人也熱情的介紹
讓我們歡迎他們的演出
為大家帶來了一齣
男女反串戲劇兼跳舞
別的地方一定無

在音樂聲中
扮演流浪漢的雷公
為了搶奪學海演出的美嬌娘
被媒人婆又推又擠
流浪漢奮不顧身
甩開媒人婆衝到新娘旁邊
眼看新娘就要從新郎阿萍手中搶走
沒想到
流浪漢卻被新娘一腳給踢開
直接滾到臺下
這齣迎親的劇碼總算可以繼續再演下去

劇情在阿萍的獨舞中達到最高點
迎親隊伍及賓客戲劇性的靜止不動
阿萍則在人群中以肢體動作表演出新郎的自信
也說明了阿萍自己的價值

喔！我家的阿萍這麼厲害
唉！唉
中間那個很會跳的就是我家的阿萍啦

表演中奶奶不時站起來大叫
等到表演結束

伴著觀眾的熱情
今天她總算看到真正的阿萍

謝幕後
阿萍在後臺看到奶奶的身影

多謝阿嬤來看我表演
平時我都認真練
就是希望你們看到我最棒的表現

奶奶一手抱著阿弟仔
卻也難得的伸出另一隻手

阿萍
阿嬤一直說你是女生沒行情
給你製造那麼多不幸
你幫家裡很多事已經夠辛勤
弟弟也要向你學才行
阿嬤不會再偏心

走！回家吧

✳ 學

從一數到五
對你來說是千辛也是萬苦
可以比照人類從無知進化到有知的過程
或許從來沒有人這樣跟你訴說一個關於餅乾叫做餅乾
而湯匙又叫做湯匙的故事
難怪你會不厭其煩
要我再說一次

❋等待

有人說你常晃神
有人用不專心標示你
或者下結論：你根本無法學習
找不到你的優點時
乾脆說你安靜時最優秀
我卻期望你有所不同

寄讀生

帶著憨厚的小平頭來到這裡
師或吃或獅或思都沒關係
擔起來的擔子想放也不容易
不想讓世界忘記
就自己走出去
無邪與天真的本意
是最值得保留的東西

✳拭

從頭開始再教一次
怎麼洗臉擦耳朵擰毛巾
不是為了考試有好成績
不在乎花掉多少時間
好像世界上只剩下我們倆
就是希望
待會醒來一個乾淨的微笑

✳盼

講了一百次我想跟你看書
終於等到一個回應
簡單一句好
好簡單一句
笑容立現

❋ 毛遂自薦

學期初扛下藝術與人文的表演藝術

開始了每週五混齡舞蹈課程

舞蹈以外的事花很多時間來教

互相尊重有理道歉適時原諒

團體的學習

是在訓練人際互動

練習將自己放下

在團體中發展出自己最好的位置

✿老師，我不會

簡單一句
宣示了不學會的決心
也是老師被創造而來的使命
怎麼讓孩子把不會變會
真得各憑本事

✳唱不出聲

問我有多麼愛妳
幾句月亮怎麼能代表得了
兩千一百多個日子的感情如果一首歌就能買去
未免高估了文字的能力
眼淚已經在臉上留下濕了乾乾了溼的淚痕

✾借題發揮

與親人相處
是我重視的問題
無論哪一個科目
總是習慣性帶入家人的部分
喜歡以問題單的形式引導孩子思考
先依據問題自行回答
然後再作團體分享

身為教育者應該很清楚
就算孩子是幫別人說話
其實也都是出自他自己的意思
運用這樣的技巧
可以幫助孩子說出自己的想法

有的孩子面臨到親人問題
就會採取退縮策略
好像裝傻或說不知道就可以躲避問題
再一次請他放心

透過幫別人回答的策略引導
果真有效
讓他願意跟自己的媽媽道歉

❋ *邂逅之後*

✳問

我能在你眼中看見火光閃爍
尤其是在我那長篇大道理之後
感謝你沒有露出倦意
只可惜
你總是讓我想再次確認
究竟你眼中的是恆星還是流星

✳ 上廁所

敲了三下還得再確認一下
剛剛那一聲是回音還是錯覺
總之再敲個兩下比較保險
卻換來裡面那位不耐煩的叫我報上名來
我的遲疑又換來一陣咆哮
只好怯生生的回答
我是老師

✳機率

擲骰子實驗可以證明什麼叫做公平
猜拳也會有輸有贏
剛開始手氣不好
不表示每次都會猜輸
不需用「你看，我就說我猜不贏」的眼神看我
繼續往下猜
你終究會贏

✳猜不贏的人

宣導時間
我說唱俱佳之下
大家都玩得不亦樂乎
臨走前卻有人大發雷霆
因為沒拿到自己想要的禮物
原來是兩人都累積了等量的花片
一個猜拳遊戲本來可以總結故事
偏偏碰上一個自稱永遠猜不贏的人

✳畫樹

熟悉樹身的各部位後

要畫它就不困難

仔細觀察樹木

樹根跟樹幹怎麼連接

樹幹怎麼長出樹枝

樹葉又長在哪裡

這棵樹摸起來是不是比那棵樹還粗

利用不同的顏色拓印下樹皮的質感

再撿拾一些落葉做樹葉拓印

先撕貼出的樹皮的樣子

再剪下葉子來貼

作品就大功告成

摸摸大樹

抱抱它

踩踩小草或畫樹

大自然是個跟孩子親近的話題

一切課程都可以從中發展

每片樹葉都長得不一樣
每個人也可以很具個人特色

評語

作者用倒敘手法寫作
原本以為只是某種像蝴蝶的東西
沒想到死的竟然是個小女孩
不禁毛骨悚然
是意爭觀點裡無法接受的劇情
是《冰點》的縮影
卻更恰當的保留了其中的悲情

✺ 椿樹無用

幸與不幸的分別
取決在生命存留
原來吸一口氣
就是值得奮鬥的事

✳對話

部落格中的留言
見證原文作者的用心
在與改寫文章的爭辯中
彼此都看見價值

✳幕後讀者

終於現身
對原作者也是一種肯定

❀說話藝術

謝謝你們陪我編故事
把臨時被取消的畢業旅行
當成是你們的願望已經實現
假裝我們如此希望一同參加
等老師明年生完孩子
再一起完成夢想

✳整人遊戲

在廁所裡點數自己的老師
你一言我一語搶著發言
爆料還要比較精不經典勁不勁爆
隔間中的神祕小空間
是恣意翱翔的天地
很想惡作劇一下
當你又開口「我們老師……」時
我要回答「我在這裡！」

✾儲水

再挑一桶
目標是人生中的第七十個七桶
不為寬恕別人
只想當個示範
讓大家知道
誰都能在這件事上盡一份心力

✳聲音

坐在位子
就可以聽見來自四方
盛氣中還夾雜著無奈的嘆息
好想問
為什麼每天都得對孩子咆哮

❀體育課

一顆球踢一節課
還不准有人吵架
這是哪門子學問

✳本位課程

你問我學校特色
我想混同泥岩並不是
即便它的形成有著地質學上的意義
專家學者也來研究
在一片學測加油聲浪中

✽補救教學

我們班上只有兩個人
學生程度還是有落差
基於個人特質的不同
課堂上
我們就已經是能力分組在上課
面對一些特殊情形
抽象思考能力比較弱
或基礎運算粗心大意
似乎永遠都得再增加練習機會來補救
但想想
他們的作業也夠多了
上課的時間也夠多了
真的還要再繼續壓榨他們嗎
放眼觀看全縣學生
其他老師又要如何進行這種針對性的補救教學

學科能力固然重要
學力卻不一定是競爭力的代表

我們的優勢
是學生的熱情活力體魄強健與樂觀
多多發展全方位的能力也是補救的方法

曾經也有人提出意見
說自己的學生不願再花時間補救課業
反而提早學習一技之長來彌補
這樣的選擇不也應該被尊重

✿養羊山

利吉

有一座

不養羊的養羊山

我沒騙你

據說

那些羊

都被一個叫

放羊的小孩

賣去當

富原

羊

肉

爐

了

✳惡地

利
吉的
特產
多
惡地呀
雨水侵蝕
成觀光景點
基石巨石
別處無
人好
風景美
這是個
好地
方

註：與詩岑、佩紜、宜程一起創作。

✳分校

大多數的人會一再確認
是全校人數還是一個班級的人數
沒錯，從一年級到六年級
就那麼二十一個
外加七位寄讀生
全校整整二十又八位
這就是我們的學校——臺東縣富山國小利吉分校

人數少是我們的特色
活動多也是我們的另一項特點
為了孩子多一些文化刺激與學習
我們設計了多元的教學活動
除了各班既定的課程
每星期一、三、五第二節下課安排了增強體能的課間活動
星期二、四則是班級閱讀時間
利用課餘時間
孩子學習踢踏舞打擊樂織布染布串珠和英文

更組成學校樂團及舞蹈社團
參加全縣音樂比賽或社區表演

針對沒有吃早餐的孩子
由校內老師擔任指導
教授孩子製作饅頭的技巧
每週五利用一到兩節課的時間作饅頭
準備在下一週早餐時食用
其中還有令人感動的故事
學長姐體恤低年級學弟妹
都願意義務幫他們做

在這些活動及課程的背後
我們最常遇到的
不外乎師資及經費方面的問題
所幸有許多富有愛心的團體或人士
經常幫助我們
讓我們的孩子有機會在穩健中更加成長、茁壯

得知我們學生人數之後
大家都會在訝異的神情下用平靜的語調總結
那你們一定很輕鬆愉快

事實上
輕不輕鬆很難認定
不過愉快倒是每天寫在我們的臉上

❋ 巡守隊

利吉巡守隊　利吉巡守隊　利吉巡守隊

巡守隊　巡守隊　利吉巡守隊

我們是正義的一隊　熱心服務回饋社會

婦幼隊　巡邏隊　輪值相搭配

神聖的使命最可貴　要讓惡勢力全粉碎

很敏銳　不怕累　無怨也無悔

壞人全包圍　歹徒無處退　社區無犯罪

利吉巡守隊

巡守隊　巡守隊　利吉巡守隊

註：可搭配〈無敵鐵金剛〉歌曲使用。

✳利吉真奇妙

世界真是小小小　小得非常妙妙妙

小小利吉真奇妙　利吉真是小小小
這是一個小世界　小得真美妙
握握手　做朋友　愛心圍繞全利吉
你是我的好朋友　跟我一起唱

大家常歡笑　眼淚不會掉
時常懷希望　不必心驚跳
讓我們同歡笑　這個小世界
小小人間多美妙

世界真是小小小　小得非常妙妙妙
這是一個小世界　小得真美妙

喔！利吉利吉　真美妙
跟著姐姐繞著利吉跑
有誰知道　利吉有那些地方啊

我知道ㄚ我知道
卑卑卑卑　是卑南溪
惡惡惡惡　是惡地
惡地的對面是小黃山
外來岩塊成巨石
還有還有鹹溫泉
我要遊遍全利吉
1234到處去

哇　你現在知道利吉有哪些地方嗎
現在　我們跟這些地方的好朋友打招呼囉

英文要說 HOW ARE YOU
閩南語要說　歹勢啦
啊不對啦　是吃飽未
不懂要問　有影無
阿美語是 Na Gai Ho
Yi Na Wa Ma Sa Li Ga Ga
再見再見 See You Tomorrow

親愛的朋友　大家好
GOOD MORNING　利吉真奇妙

預備

高深鯉魚在卑南溪

芭樂釋迦產自惡地

庸雅坊用餐很高級

土角厝歷史無人比

法安寺、天主堂都歡迎

小黃山斷層好風景

巨石高臺一定要去

準備好了嗎　跟我一起唱

世界真是小小小　小得非常妙妙妙

這是一個小世界　小得真美妙

喔　真美妙

　　註：歌詞改編自李念和作詞之〈世界真奇妙〉一曲，可搭配原歌曲使用。

✸鐵頭功

一句我不原諒你堅持提出告訴的決心
問他你怎麼哭得這麼傷心
邊摸著的頭邊說好痛
原來當時他們正在玩跳高
才跳過去還沒來得及起身
墊子上又飛過來另一個
兩個人就這樣相撞
對方沒有道歉說對不起
這件事讓他很氣憤

我笑著對他說想摸一下你的頭
咦？怎麼沒摸到一個洞
照理說這一撞不輕
凹一個大洞才對
怎麼你的頭一點改變都沒有
哦！原來你會鐵頭功喔

我故作神秘的仔細端詳
這裡摸摸那裡捏捏
他被我的動作逗得笑了出來
再問現在還會痛嗎
搖搖頭說不會
綻放的笑容回去上課了

✳ 仿摸魚

社會課參觀大賣場是考察市場需求

國語課唱流行歌曲叫賞析作者文學造詣

數學課前進三商百貨當做消費實習

自然課除草焚燒來考驗空氣品質

資訊課逛網站格鬥策略應用

自然課動手做饅頭當然為了準備早餐

🌸 老師那一套

笑話只有自己懂
還要聽到的人全交一篇報告
說是　要理由
說不是　一樣要解釋原因
看窗外是分心
兩眼直盯視為發呆
腦子呼吸心跳都限制
連思緒都不准亂跑
還談什麼創意

所謂教育

板子拍在屁股上的
出來哈腰鞠躬
事態不嚴重的
塞點錢也就沒人跟他計較
那雙手從自己的褲襠摸到別人的胸部
臨走前還要留言給家人報平安
認真在教室吸粉筆灰的反而沒人問
要知道運動場上晒暈昏倒的不只學生
好不好適不適罰不罰
怎樣叫好什麼不適又要怎麼罰
吵了又吵
新帳沒添舊帳又跳出來回味
卻　看不到結果
能不能在事情變糟之前
認真思考到底誰不該離開誰又得走

✳寫作文

又叫我寫作文
到底要幹嘛
當文學家太枯燥
我只想像老師一樣
就在那裡叫叫叫
快一點
多寫一點
句子要通順
簡直是隻老八哥鳥
稿子收回來一律註記
你辛苦了

✹掃落葉

老師說我不會用掃把
那我用夾子
可以吧
老師又說這樣浪費力氣
乾脆用手撿
才隔一會兒
風又吹來一堆
氣得我丟了掃把扔了夾子也拒絕用手
反正一切又回到原點

洗廁所

一定要趁老師來之前
趕快收工閃人
不然又要刷
刷完後洗
洗了還得再拖地
聰明的人都知道

🌸 榮譽制度

如果你今天的表現很棒
就可以得到一個圓形點點
能維持到明天
就可以再得到兩個圓形點點
未來的每一天如果都能這樣
你將會擁有許多點點
累積了一百個圓形點點之後
就可以換一個星形的點點
記得
要繼續努力喔

❋期待寬恕

老師幹麻要一直瞪著我
害我就像被拔走電池一樣
停頓　當機
結果
老師的眼睛變大了
我的膽子卻更小了

✳教育心理學

忘了發稿紙
就說是為了看學生的臨場反應
這是哪門子學問

✻案發現場

一隻素未謀面的石龍子
在撞見我後
倉皇逃逸

❋家庭作業

喜歡的人舉手沒關係
問完問題後回頭
只剩下一張桌子在認真思考
取消有理

❋苦惱的數學題

優秀的老師應該到「那種」學校
留在「這種」學校就叫做可惜
那麼請問
我在「哪種」學校

✱長官，我有問題

您說我們是教學經驗豐富的人
所以要我們示範教學
您說我們教得真的很好
所以要寫下教案設計流程
可以成為個人檔案
也可供參考嘛

過後
拿著我們的教案
您說我們的教學目標不太明確
所以要再作修正
過後
您說修正之後依然有問題
而且您又說教學目標不明確
就代表教案設計有問題
就代表教學流程有問題
就代表教學活動有問題

那是不是就代表
我們根本不會教

❀ 出租祖母

坐擁在成堆的孫子中
我體會到身為阿嬤的喜悅
拜祖孫週系列活動之賜
我更加確認他們是我的孩子

✳ 認清

不管我怎麼認真經營
我的人生終究會出現不圓滿
處理學生事務
總不知不覺扮演起輔導老師的角色
一下子要孩子設身處地為別人想
一下子又要他堅持成為自己
換句話說就是愛嘮叨
瑣碎的生活細節
與繼續愛下去的能力
都在期待有人給一些支持

❋ 其實不，難

孩子

再忍一忍

出生在這　不是原罪

別忘了這塊淨土是我們的優勢

可惜大洪水毀滅世界時

考試這檔事也進了挪亞方舟

別指望天外飛來隕石完成這個使命

如果你的基本能力有所提升

你就會知道什麼叫做難

再努力一點

等到你把國語、數學搞懂

等到學測成績出爐

在專家學者的鑑定報告中

證明日以繼夜的　補　救　教　學

你已累積百分之二十的進步

等到這沉痛的打擊平反

你就可以去享受你的青山綠水

就可以把山歌高唱

可以像個人一樣
帶著滿意的笑容
去過你想過的日子

✳放手

學生突然告訴我
他們要聯合三年級一同舉辦讀書會
乍聽使我嚇了一跳
學生自己辦的讀書會會是什麼樣子
他們自己會選書嗎
他們知道怎麼進行嗎
最重要的
他們會有收穫嗎
啊！姑且一試吧
我這樣告訴自己
於是懷著忐忑的心情
星期五到了

一進到教室
現場看來像個野餐盛會
鋪著墊子席地而坐
還攜帶了零食飲料
一邊聽故事書分享

一邊吃著美食
故事讀完還有獎徵答
答對問題的人得到梅子一顆
我心中的疑慮在此時化為烏有
教室正上演一齣主動學習的劇碼

老師要像科學家
用獨到的眼光看孩子
再用科學實驗的態度教育孩子

❋ 給安妮

很高興有機會認識你
在此之前
我從沒那麼接近過戰爭場面
你的日記
卻將我帶回到六十幾年前
在你那個小小的密室中
和你一起生活了兩年

剛開始我竟嚮往起你的生活
躲在密室
雖然沒有大聲呼吸的自由
但比起面對險惡的環境
躲藏又未嘗不是好方法

但
隨著你的描述
尤其是你對自由的渴望
我漸漸清楚自己的優勢

慶幸
不是生長在戰爭的年代
比起你
我們這個世代的人都幸福許多

在你僅少的文字中
我嗅到你想活下去的意志
你說
「只要抬頭看看藍天，我就可以感覺到希望。」
或許因為那簡單的密室
已經將你的欲求減到最少
獲得希望在你看來如此單純
然而戰爭並未因此停止
最終還是奪去了你的生命
悲哉
你是那麼想活著呀

反觀現代人
每天勞碌為生活奔波
卻無法安慰心靈
或者藉酒精麻醉自己
或者沉溺網路世界

甚至聽不見內心的呼求
不知道自己究竟在追求什麼
跟困在密室的你相比
我們到底在找什麼
是不是也該回歸到最單純的地方
為擁有自由而大聲讚揚造物主的美意

感謝你簡短的文字觸動我的心
在忙碌之餘得以重新審視自己

✻旅遊筆記

打開塵封的記憶
帶你們走進我的回憶
不只我樂在其中
也希望你們有些收穫
故事中都有成長
結束後各有發展

✳快樂是什麼

快樂是一早聽見學生問好
在校園中漫步
拿著掃把畚箕仍然充滿歡笑
給大家舒適的環境
人人開心

快樂是課堂上聽學生提問
看見自己的缺失
尋找改善的途徑把問題解決
身為老師
也替他開心
師生互動良好
更令人欣慰

快樂是放學時學生主動要求搭便車
不是對老師敬而遠之
載送學生

邊聽學生唱歌談天
偶爾插上幾句

快樂是離去前聽學生說再見
想著明天帶什麼給他們
連夢中都會出現這群孩子
期待著每個新的一天的「再」見

❋我們這一班

昱峯是活力旺勁量小子
馬力足夠攀登喜馬拉雅山
折返回來還能再說一個故事
育豪是時間粹鍊的鐘乳石
點點滴滴都是思緒
慢慢織出曠世巨作
珮珮是含苞待放的花朵
讓人期待她綻放時的鮮豔
從泳池裡出來
金燕是披著羊皮的蓄電池
偶爾給的回應十分驚人
好好用書法寫一頁給自己的回憶
身兼班導及教練的意爭
眼光獨到
最後一天最後一堂課
送給大家出離埃及的故事細細品味

❋十年回顧

任教至今
伴著孩子成長
總覺得自己的改變與進步最多
或許是自我要求甚高
我對許多芝麻綠豆小事
也十分在意
在與學生的互動中
我看到孩子不同於成人的想法
也深信大人要向他們學習

我是媽媽

✳裝大膽

快速竄出的黑影
嚇哭一個女孩

❋發福的原因

牛奶倒多一點
蛋糕還要再切一塊
不夠不夠
我還要我還要
吃不完的沒關係
都由媽媽埋單

❋ 寒流來襲

才一起床就賞了個大噴嚏
這就足以證明感冒病毒已在伺機而動
聽媽咪的話準沒錯
快把這件高領衛生衣穿上
還有那件厚毛衣也可以保暖
長褲底下再塞一雙臺灣製棉襪
確保冷風不會沿著褲管偷襲你的小屁屁
圍巾　口罩　手套　大外套全上身
至少得像隻都市北極熊才能出門

✳剪紙

先剪掉兩撮頭髮
再剪破一件衣服
晃過眼前還好沒傷到眼睛
嚇得剪刀兩腿發軟
舉手投降

❋假日生活

大熱天還要去騎車
腳踏的功力還考驗耐熱程度
頭頂上發光的那個傢伙正打算大展熱情
所幸不知輕重的飄來一朵
給了一片短暫的清涼

❋家

我的家
有好多聲音
嗯是同意
哼是有人吵架
哇是妹妹肚子餓
這些聲音都好聽悅耳
唉唷！我不小心跌倒

玩具是好朋友
媽媽是全勤垃圾桶
爸爸是懶人沙發
每個人都重要不能缺席
妹妹快快長大陪我玩

❋玩具

無所不用其極使出渾身解數
裝小裝哭裝無辜
就為了搶一個
甘願忘掉長大的夢

✱吃芭樂的方法

狠狠大咬一口為了保證可以吃久一點
秀氣點小口小口換來多吃幾次
都很聰明

✽手機

離開後總會引來思念
時間只會加增它的質量
拜現代科技之賜
一個按鍵送來爸爸的聲音

✼公平

買一雙拖鞋和三盒布丁
只夠滿足一個人的需求
明天得再買一雙才行

✳小孩的世界

快下雨還要去騎腳踏車
剛睡醒就想看電視
肚子不會餓也不吃飯
洗澡玩成打水仗
爸爸不在偏偏不找媽媽
在阿嬤家耍賴就對了

✳願望

你的就是你的
我的也是我的
為什麼不能你的變成我的
而我的還是我的

✽逗笑一堆人

住在新港的阿公變阿東
愛幫助動物的Diego變椰果
連拉大提琴的YoYoMa都變成YoYoMan
童言童語富含高濃度的創意

❋第一張圖

一個圈再加一個圈
畫兩個眼睛跟一張嘴
那個是爸爸這個是暄暄
署名日期八月四日民國九十九年
願望總有一天也會實現

✳眼淚

我忍不住想哭
爸爸要出國去上課
為什麼晚上就不能陪我睡覺

✳忍耐

靜靜等你吃掉最後一口
這樣我就能擁有剩下的所有
待會換我吃給你看
我絕對不分給你

✳ 吵

不管是書是筆或是糖
都能輕易挑起爭端
無論如何
我都要你手上那個

❀ 高雄站

奮鬥了三個多小時
兩個小傢伙終於入睡
回家的路程還很長遠
也不急著叫醒你們
錯過更換電車頭
被迫關掉的冷氣也趁機休息
室外更悶熱當然沒人要出去透氣
窩在這裡感受數十年如一日的不便
不用愁因為未來你們還有體驗的機會

✳重新出發

開動了開動了
停機了大半天終於活了
這次走的真的是我們
你看那些月臺上遠離我們的旅客就知道

❋南迴線之歌

從太平洋游到臺灣海峽

在高雄擱淺

✿火車上

吃零食數山洞的戲碼
唱不過多少個車站
一個多小時上三次廁所已經夠了
在出奇蛋登場之前
能不能安靜的畫個圖
也讓我清閒一下再寫首詩

✳ 上課

在臺東那個是太平洋上的綠島

幸運一點還可以看見更遠的蘭嶼

翻過這個山頭進到屏東

現在是臺灣海峽上的叫小琉球

地理課對你們來說雖然還有段距離

不過從現在就得開始

這叫經驗累積

誰讓你們的媽媽是當老師的

✳小傢伙

五個小孩十張嘴
要吃要玩吵翻天
時時刻刻不得閒
合唱共鳴一整夜

❋又流淚

耐住了一個星期的思念
再見面時
潰堤

❀樂音樂

拿來胡琴亂拉一通
五音不全也唱得開心
兩隻老虎再加點星光
生日快樂還能唱出三種版本
笑聲就是天籟

❋ 遊戲的本質

闖進浴室
故意把衣服弄濕
說是正在洗碗

疊兩張椅子
翻到桌上預備了個危險的站姿
說是為了拿下氣球

裝一盒塑膠水果
還拿Menu點菜
一切仿照大人版本
杯子是碗、是盤、也是鍋
吃飯不用筷子
吃完當然也不需要洗碗
總之　你說了算

❋ 盪鞦韆

我知道再推高一點
你就可以摸到天空
我知道再拉一把
你就可以走回目的地
我還知道總有一天
你會成長茁壯足以獨立完成任務

奔

搶到玩具的就快跑
沒拿到的也不等著哭
小小的遊戲室當成競賽場用
不管誰輸誰贏待會都還有戲可唱
得意不了多久一定又是別人的
幸好追逐也是媽咪的本事
伸手就左右各撈到一個不安分的小孩
同意彼此分享之後
竟又開始爭著問媽咪愛誰比較多

✳定律

才一下下就開始想念
不管是遠在臺東的爸爸
或是剛跟阿公出門的姐姐
但我絕對相信
等她回來
你們又會為一個玩具吵翻天

✳ 兩姊妹的對話

我們是好朋友
巴巴
這是我們的彩色筆
巴巴
我跟你一起看書
巴巴
這個洋娃娃是我的
巴—巴
我先看到媽咪的
巴—巴巴
媽咪只能陪我睡覺
巴—巴—巴—巴—巴
你走開
巴巴巴巴巴巴——
啊
ㄅㄚ—ㄚ———

兩個孩子

一個是找不到解藥的愛麗絲
走過四年半的歲月
卻想重新回到窩在媽媽臂灣裡的日子
另一個是極欲展翅學飛的小雞
悄悄扮演起媽媽的角色
幫忙照顧假裝摔倒的姐姐
在遊戲中各顯期待

✳手

身高不夠沒關係
媽媽抱抱
拿不到肥皂沒關係
媽媽幫你
水打不開沒關係
媽媽來開
洗好手後記得擦乾
今天我們兩個總共洗一百次了

❀包布布

自從家裡添了另一個小寶貝
每天和孩子們的互動
便成了我最大的生活動力
最近三歲的大女兒總喜歡問「為什麼」
好像什麼事都得有個理由
才能說服她去做

昨天晚上我準備幫她包尿布
好不容易才抓住她
她又開始發問：「為什麼要包布布？」
我想了一下後回答
因為教會的倫倫有包
外婆家的叡叡有包
我們家的暄暄也有包
所以你也要包啊

聽了我的說明後
她順服的點了點頭
然後很慎重的問我：「那媽媽有沒有包？」

✳吃什麼

食物櫃的高度不再是距離
挑選今天的點心也是權力
看了一會
決定了一碗多力多滋以及兩根蛋捲的下午茶
還有還有
媽咪的薏仁湯借喝一口
爹地的太陽餅也咬一口
怎麼看都是別人手中的食物比較可口

❀吃糖

每次都得到剩下兩顆才知道要珍惜
計較別人幫你吃掉多少
那剛才幹嘛那麼熱情
每個人各發了兩顆之後再附送三顆
以為那包糖會自己生小孩嗎

❋回家路上

堅持坐在我腿上畫圖
注定了要幫我的褲子加一筆
就帶這件而已怎麼辦
看來只好穿它假裝美麗一整個星期

🌸24小時不打烊

亮光悄悄從背後透出
吸一口清晨的空氣喚醒
來不及說再見的被窩道聲早安也可以
別問打斷睡眠或擾亂工作
都是孩子的功勞
產出歡呼後還有許久沒有消化的疲憊

❋早餐

凱薩沙拉醬拌切絲高麗菜
加杯香濃無糖拿鐵
好一個清閒的早晨
孩子都還在睡
真好

✳與優閒有約

悄悄起床窩在餐桌

有人跟著出來說想吃蔥油餅

爐上的火才剛點著

她的手上就多了包捏碎麵還要外加優酪乳

拿來了叉子要求再拿根湯匙

剛打了的噴涕來不及擦

嚷著想上大號

坐上馬桶也沒閒著

問蘋果什麼顏色香蕉什麼形狀

屁股擦完還沒洗手

又改變心意畫圖去了

等不到我的優閒只好跑去睡覺

坐在它位置上的就是我的二女兒

✳行

一個睡不著只得熬著的夜晚
瞥見一隻蜘蛛匍匐前進
臨走還不時回頭
確定自己是否安全

🌸 下午茶

左手傳統臺式香腸
右手英式皇家奶茶
加上兩個安靜午睡的傢伙
幸好我還有十五分鐘享受

✳輪流

小的剛剛痊癒
大的接著就病了
這一邊才喊媽
那一邊又叫了聲娘
降溫的毛巾沒閒著
體溫計都累到送修
今晚有誰提議也讓媽咪早一點休息

✳感冒

媽咪感冒
就表示你們都快好了
等著收拾的
不只是地上的玩具和散落的書本
還有疲憊委屈耍賴
照單全收
希望
媽咪也能常保心情愉快

✳ 方程式

四個大人五個小孩和一輛車

怎麼從桃園運回嘉義

方案二——

嘉牧開車晨昕坐安全座椅加老媽帶阿叡小媛子

小瓜帶安安我帶暄暄搭高鐵

（被否決原因是晨昕想搭鐵且堅持爸媽得同行）

那麼方案三——

老媽小瓜輪流開車載阿叡安安小媛子

至於我們一家去搭高鐵

（自行否決因為考慮老媽腳關節退化以及安安得黏著小瓜）

最後維持方案一——

我們一家開車

其他人去搭高鐵

（爭：不過多買張兒童票幹嘛這麼傷腦筋？）

別急著吃棉花糖

吃進一口再吐出兩口
看了噁心是你家的事
反正美食當前我也顧不了那麼多
我只不過是在延遲享樂

✻斷奶話題

你沒聽錯
菜市場裡的消息
傳得特別快速
什麼都有　什麼都不怪
有一天還會傳到美國
由第一夫人來告訴你
別再餵奶了

❋耳朵有話要說

咳嗽了該不該馬上止咳
流鼻水要不要立刻就醫
一歲半了能不能不要喝奶
肚子餓了可不可以等一下再吃
耳朵累了想休息一下
該不該　要不要　能不能　行不行
都讓人說去了
誰來給耳朵一個清靜

✳喝奶話題

三姑說女兒住院時還好有奶
六婆答腔說兒子喝奶也健康平安
十三姨聽了猛點頭說讚
黃飛鴻只說練功太忙沒空閒談

就一堆個沒相干的叫我斷奶

❋ 運動

只剩下兩圈半
今天的份量就交代得過
偏偏在這個時候
跑道上闖進一句媽媽
一切只得暫停

✳原因

計畫了兩個禮拜的活動
消費不了炎熱的假期
跳上火車再來一段
總周長足夠環島兩圈
圓心都是你們

✳邏輯

吵著要媽咪再生一個
卻不願意跟妹妹分享那根塑膠香蕉
這是哪門子學問

✽遠離戰場

太陽下沒有冷氣房熾熱
逛菜市場不買菜
只想逃出去一下
想跟的舉手排隊
說走快走

❋種子性格

種東西真是有趣
有時很認真埋了種子
也按時澆水兼施肥
它就是毫無動靜
反而是那些不經意撒下
或無意間掉落的
卻悄悄伸出枝枒
叫人會心一笑

✳約法三章

明天的電視行程

早餐後中餐後跟睡覺前

每次服用半小時

其餘一律免談

再吵就讓電視關禁閉

稍息後解散

✳電視萬能

應該感謝Dora還是Diego
你們讓我可以抽空去洗澡
還能坐在這裡寫詩
等一下還得麻煩哄她們睡覺
雖然形式上是條件交換
看起來也有點像實際威脅

❋媽媽萬歲

無聊的動作可以一再重複
只要你們高興就好

🌸媽媽的工作

再完成一個任務
也得不到動物救難徽章
卻可以換來你的微笑
那就值得

✳無常

剛吵了一架還沒收拾
這會兒笑聲又噴了出來
不知道該安慰這個別哭還是教訓那個正經點別笑
搞到最後還在生氣的就是我
就說了孩子的世界沒邏輯吧

✳痕跡

想看一隻毛毛蟲變成蝴蝶
數它身上的細線和爬過的地方
等待一次又一次蛻變
怎麼也不累不煩
那就是成長
我這樣陪你

❋ 甜美的笑

今天早上你對我笑
就像昨天和前天一樣
姐姐以前也很愛笑
現在卻不常笑
是誰把笑帶走
或是笑本來就會自己離開
長大煩惱也多
笑就跟著躲起來了

幸好　還有記憶在笑

✳保留

你看
七隻小羊沒被吃掉
媽咪用剪刀保護他們
不想大野狼死掉
就叫他到水裡游一圈
再讓小羊把他救起
最後一團和樂唱完片尾曲
然後可以含笑說晚安
反正故事是人編的
愛怎麼演就怎麼演
我也不贊成用真實扼殺純真的童年

✳恰恰好

肩上扛著
雙臂抱著
手裡提著
指尖勾著
胸口頂著
嘴角咬著
呼！還走得動
就那麼剛好
兩個小孩的重量
再多也無福消受

✳兩個恰恰好

送一隻手錶得再送一隻
連杯子都要能成雙
一人一個是最理想
至少要做到能一人一半
舉凡不能切割不能分享的
一律謝絕

❋ 向孩子學習

永遠用不完的精力真讓人羨慕

一再要求重讀同一本故事書

不煩不膩也不會累

喜歡的事愛吃的東西就堅持下去

為人父母者

看看多久沒有為自己的夢想奮鬥了

因為柴米油鹽醬醋茶

或者人性中的怠惰

趕快到圖書館借本書

增強孩子的能力

也給自己重新學習的機會

✽我所擁有

多事的2008
讓我有許多機會重新思考
雖然世上天災、人禍、物價上漲、飢荒等等問題層出不窮
但我仍然能與最愛的家人無憂無懼的生活在一起
真該滿心歡喜的感謝神
感謝祂賜給我美好的一切

✳握在手中的秘密

他對我說

我的恩典夠你用的

因為我的能力

是在人的軟弱上顯得完全（哥林多後書，十二章，九節）

每到季節交替的時候

我的富貴命就開始發作

進入秋天之後

右手就會開始發癢

然後從大拇指指尖的地方慢慢龜裂脫皮

延伸到右手的每一隻手指

這段時間我總是被勒令休息

凡是要碰水的家事均由他人代勞

看起來悠閒

卻也是一根我沒辦法除去的刺

經常有人看到

就推薦我吃這抹那

還有朋友特地拿了一罐南非來的護手霜
要我晚上睡前擦
還囑咐我要戴上手套再睡
我知道這是人家的好意
也不婉拒
試個幾天後或許又得冰到儲藏室去
唉！我心知肚明這是個提醒
就像保羅身上那根刺
他說：「恐怕我因所得的啟示甚大，就過於自高。」

事實上我的富貴手很有趣
勢力範圍就在右手手指
不會外擴
也不會跑到左手
一段時間後慢慢就自己消失
稱得上是不藥而癒
所以對我來說它也是神的恩典
每次當我看到它出現
就像在提醒我
最近是否認真禱告
參加聚會
還是又讓瑣事牽累而阻絕與神之間的交通

❀ 重新得力

低潮的時候讀一本書
有自在的感覺
品嚐到別人的酸甜苦辣
其中有知音
也有不太欣賞的論調
總是都提醒了我適時放下
耶穌也會肉體疲累、意志薄弱
何況是人

✿轉眼成空

婚姻亮紅燈

親子關係出問題

工作氣氛不佳

身體健康出狀況

投資失利

嫉妒怨恨貪婪

最後落得一無所有

或者寧願什麼都沒有

「其中所矜誇的不過是勞苦愁煩。」

摩西一句虛空

道出多少人的感受

詩　評

✹在詩的國度，我遇見……

許靜文

那年夏天，重回學生身分的我，走進教室在第一排落了座，身旁的那個女生正和同學笑談著。她有一雙會發光的大眼睛，總是熱情的和每個人相處。很快的，我心裡的忐忑就消失了！這是我們的初相遇。

但真正讓我們靠近的，則是一本詩集。那時上了慶華老師的課，我在圖書館找到了他的《七行詩》，私藏了幾天，有種快樂無人分享的小小遺憾。但我得謹慎些，免得招來異樣眼光（因當時老師課堂上談及一些敏感的話題，大家當他是個怪怪老先生）。事後證明，我果然沒看錯人，這個女生和我一樣有「特殊癖好」，我們對這個怪怪老先生都有著奇妙的好感。這由詩開啟的相遇，是一束溫暖光芒，多年來在我的記憶中燦爛依舊！

後來在她的提議下，我們主動找老師聊聊，相約七里坡。一餐飯從日正當中一直到夕陽西下還欲罷不能，連蘭嶼都悄悄現身了。我有一句沒一句的搭著話，更喜歡聽他們倆天南地北的話題流轉著，有時則看著窗外的海，好藍！太醉

人了！那夢一般的情景，也就成了這詩集裡的第一首詩：
〈初次見面〉。

　　初識時，總覺得她未免精力太充沛，時時都充滿能量，幾乎不曾聽她抱怨過生活、工作和家庭種種，我想大概是信仰的關係吧。她懷晨暄時一邊上課，一邊寫論文，卻是全班第一個完成論文。我總笑說，她是跑得最快的孕婦。記得有一次上課時，她示意我有胎動，我摸著她隆起的肚子上有明顯凸出的拳頭狀，感動得想尖叫。生命是一首詩，孕育也許正是那最驚心動魄、飽含豐沛神諭的一句！比較熟識以後，我才知道她把生命中難免會有的負面能量，都轉化為創作，或畫或詩，都透露她溫和乖順的外表下，是一顆頑皮的心，也會有小小的叛逆。原來她一雙大眼睛不僅僅閃著日月星光，也會燃起烈火。

　　看〈所謂教育〉：「那雙手從自己褲襠摸到別人胸部／臨走前還要留言給家人報平安」辛辣十足，就很難想像出自她的手。再看〈課堂筆記〉更是一絕，在冗長、矛盾又荒謬的字句間，不正藏著詩人極其傳神並且犀利精準的一刀？初讀便覺得它完全寫出我心中的不平，今日重讀仍有一吐為快之感！曾有人說過她行文字句中有慶華老師的影子，我想她也不否認，或者她根本就認為這是無上的讚美呢！是耳濡目染，或者氣味相投吧！愛上刺蝟的人，往往是因為自己心裡也住著一隻刺蝟。

詩集中大量描寫教育現狀的作品，應該會讓身在教育現場的人，讀了心有戚戚焉。我最喜歡的則是〈仿摸魚〉、〈榮譽制度〉、〈本位課程〉和〈苦惱的數學題〉這幾首，反諷的意味恰到好處，批判的力道卻更顯強烈。日前收到詩稿時，我剛下課，隱忍著一座火山就要爆炸，所幸這一帖清涼的詩及時送達，她回傳簡訊說：「希望送達的清涼而不是另一座火山！」是啊！尤其讀卷二〈我是老師〉時，果然感覺到那噴發的岩漿滾滾流動著。〈老師那一套〉：「連思緒都不准亂跑，還談什麼創意」更是教我讀得一陣羞愧，想要落荒而逃。

　　當然，犀利之外，她對孩子有許多細膩的觀察，也訴盡為人母者的種種心情。

　　〈玩具〉：就為了搶一個／甘願忘掉長大的夢
　　〈甜美的笑〉：長大　煩惱也多／笑就跟著躲起來了
　　　　　　　　　／幸好　還有記憶在笑
　　〈原因〉：跳上火車再來一段／總周長足夠環島兩圈
　　　　　　　／圓心都是你們

　　尤其〈養羊山〉、〈上廁所〉、〈整人遊戲〉和〈期待寬恕〉等幾首，捕捉生活片段入詩，充滿童心。也有不少令人會心一笑的詩句：

〈85°C〉：罷工了的冷氣只許了一個睥睨的眼神

〈剪紙〉：嚇得剪刀兩腿發軟／雙手投降

　　我特別喜歡卷一〈我是學生〉，可能是基於私心，那些詩創作的期間正是我們相處最密集的幾個暑假，有幸早一步先讀過了，詩中所描寫的諸多場景和片段都頗為熟悉，讀著讀著，彷彿自己也參與其中，見證了一場又一場奇妙的相遇。同時，此卷作品的意象較為豐富，多了些迂迴的美感。

　　在這冊詩集中有許多作品都直陳其事，直白到超乎我對詩的理解，和我所讀過大部分的詩很不一樣，不禁困惑：這是我所理解的詩嗎？但以我對她的了解，關於作品定義、歸類等問題，創作者向來是不太理會的，尤其在這文類界線早已模糊的時代，更是如此。讀詩說穿了就是喜不喜歡罷了，至於究竟是詩非詩、是散文詩或詩意的散文，那就留給研究者去煩惱好了！

　　此外，有些句子頗富哲思，如果加以修剪，應該會更精鍊。比方說〈工作坊〉：

　　認真的想想每一片樹葉的故事／

　　或者我們也能從中找到自己的特色

是不是能精鍊為：每一片樹葉／也能從中找到自己

又像〈寄讀生〉：不想讓世界忘記／就自己走出去
如果調整語序為：世界不想忘記／就自己走出去
或者是：不想忘記／世界就自己走出去

　　精練後似乎會有更多想像和品味的空間。不知她以為否？還請原諒我這棄詩已久的人斗膽冒犯。平時看學生的作品，雖然我總提醒自己避免在字句上大幅修改，要多尊重作者的想法，再提出建議。但此刻對於自己想給她的建議，我卻也不免遲疑了：修剪整齊的樹，就少了那份自然的野性，失去了它最無可取代的特質，它還是一棵樹嗎？樹可不可以就讓它自由自在的長，任性的、簡簡單單的當一棵樹？這不是個容易回答的問題，也是每個父母、每個老師在教孩子時最難拿捏的界線，權力意志，得有相當的自覺啊！創作亦如是，絕對的自由和絕對的規範之間，那模糊曖昧的，或許才是我們最想冒險的地方。

　　詩集以《邂逅之後》為題，呼應了她上一本著作的題目，又兼有時間上延續的暗示。無論是對人、對天地自然，或者是面對一首詩、一本書，都是一種邂逅，生活不就是在一次次的邂逅中累積出豐厚？她曾經自剖詩的創作觀：「當我主動寫詩時，多半是心中有些想法，或者不滿，又不想直

接把話說穿、講透，期望別人看我的詩，會懂又不想讓人家太容易懂。」所以，讀詩，其實讀的是人。除了讀到更多她對生活真實的想法感受，我也從中讀到了自己。這是詩讓人著迷的重要原因之一吧！

　　我想就以下面這首詩作為紀念，紀念我和她、和慶華老師在臺東的相遇，以及由詩牽引而來的種種美好。

在詩的國度

　　山遇見風
　　蟬聲遇見苦楝樹
　　白髮遇見單車
　　瘦瘦的
　　影子遇見一抹月光

　　曖昧逗留
　　或者勾人疑惑的
　　都共寫一篇未完待續

　　邂逅之後
　　山依舊是山
　　山不僅僅是山

而我

遇見

另一個

我

　　看見她在家庭、學業、工作的忙碌中，仍然點點滴滴的
孕育出這個小生命，實在令人尊敬。祝福她在詩的國度中繼
續飛行，更期待這場邂逅所迸發出的火光熱流，能在時間的
河裡凝結成一種綿長恆久的溫度！

邂逅《邂逅之後》

陳秋霞

六年前
在神的安排下
我們相遇了
這便是一連串火花的開始

在教學上
我們有許多理念的交流
彼此有許多熱情的回應
是夢想的抒發
讀了《邂逅之後》
彷彿再回味這一路的歷程

在母親角色的扮演上
我們竟也如此相似的在生命的時程走過共同的路
如此幸運可以有許多交集
經過意爭的文字安排

道出為人母的甜蜜負荷

尤其是孩子為了有形物品的分享或者據為己有之間的爭吵

在在考驗著我們的耐心

教養的路上需要支持與陪伴

如同〈重新得力〉一文所說

品嘗到別人的酸甜苦辣……

總是都能提醒我適時放下……

意爭一直都是我補充能量的朋友

而《邂逅之後》再次激勵我的心

讓我成為〈假日生活〉中那個頭頂上發光的傢伙

正準備

大展熱情

✻夫ㄒㄩㄟ

廖嘉牧

　　創意的點子有很多，沒記著就沒了；創新的方法有很多，沒做到就沒了；創作的形式有很多，沒寫下就沒了。每一個用心生活的人，都會對周遭人事時地物有所感動，端看你用何種方式記錄下來，以前意爭用色彩和線條表達想法，現在則用「詩」來留下回憶，雖然是不同的領域和表現形式，但都是對生活中的感動留下記憶，也許是害怕時間的沖刷而淡忘這記憶，所以就有了這一本的誕生。當然，還是少不了我的，因為我曾經是她生命中的另一半，在小孩和寫書之前……

旁觀者

　　當她的老師，千言萬語道不盡。
　　做她的學生，陷入沉思傷腦筋。
　　是她的小孩，喜怒哀樂使眼色。

書中第三部的許多事件，我也恭逢其時，但是感覺很快就過去了，沒能為當時留下些什麼。幸運的是有意爭的有心，肯在忙碌的三份工作中抽時間創作，以及周老大的提點，激發出她骨子裡的潛能，當然還有主耶穌的眷顧，讓我在現場就能看到實境，而事後又能看到意境，真是太美好了。

　　當用各樣的智慧，把基督的道理豐豐富富的存在心裡，用詩章、頌詞、靈歌，彼此教導，互相勸戒，心被恩感，歌頌神（哥羅西書三章16節）。

　　天底下還有什麼比「她懂我」更令人激動？還有什麼比「我懂她」更能振奮人心？期望每一個人都能有人懂得她的心。

三位一體

學生是意爭
老師是意爭
媽媽是意爭

學生　老師　媽媽　都是同一位意爭
是複數　又是單數　是三又是一
是三而一　一而三的意爭

學生不是老師
老師不是媽媽
媽媽不是學生

　　　　　　　　　註：剛看完神學觀點及意爭著作後有感而發。

　邂逅之後

後記 ✳ 再說個故事

　　我喜歡說故事，喜歡作紀錄，而且說的都是自己經歷過的事，寫的也大多是以自己為主角或從我眼中觀察到的事物。記下這些東西，我想或許因為我是個需要擁有回憶的人。

　　我曾經懷疑自己的記憶神經有缺陷，患有所謂的「少女癡呆症」。因為無論某件事重要與否，它都很快的就會被推進我的記憶空間堆放，放久了自然就漸漸遺忘。有所察覺後覺得可惜，於是我開始作紀錄，有時拍照、有時寫備忘錄、寫旅遊筆記、寫研習心得、寫感想……東記西寫，就為了留下那一刻的感動。爾後，每每當我再次翻閱過去一段時間記下的點滴時，竟然總是驚奇於還會有那種初次見面的喜悅。看來我得要感謝記憶缺陷之賜，讓我的生活能保持清新的鮮度唷！

　　一晃眼，自以為的少女出社會任教將滿十年，也已經嫁作人婦，現在還是兩個孩子的媽媽，正逢「蠟燭多頭燒」的時期，說的話、做的事、想的東西更是有增無減。其中的辛酸、甘甜、憤怒、反思……自然成為我筆下的材料。

　　而這本詩集得以具體成形，又有幾個故事可以佐證。早在兩年前我的前一本著作付梓之後，周慶華老師就鼓勵我再出版一本詩集，因為我不時會在路過臺東大學時把我的新作

投遞到他的信箱裡，或許他經常飽受我的「摧殘」，乾脆催我再出一本。但當時這種口頭上的邀約，很容易就在我多重身份的奔波下給排序到後面去。時間來到今年六月底，放暑假前我們班照例要給自己來個「暑期自我成長計畫」，我一向都是「學生做什麼，我就做什麼」，為了給他們一個榜樣，於是我先在表格上簽下「詩集」，接著就等我在暑假中真的行動將過去的作品加以整理、補充，把詩集生出來了！

　　學生、老師以及媽媽，是我生活中的三個面向。針對這一點，我那位親切善良的老公有點微詞，他終於在某次談話中強烈的暗示我詩集中是不是要有一部分以「我是老婆」為主題？這一點醒，倒是啟動我另一部分的發想。人家都說「成功的男人背後一定有一位賢慧的女人」，同理在我的創作過程中，也因為有先生的支持，我才能「為所欲為」。現在正值他的論文待產之際，我也該好好扮演一下賢內助的角色，至於他迄今的盛情，就留待我在下一本著作中回應。

　　原本在這篇後記裡，我還邀請一位國中生現身發言，想從她的角度批判現實生活中的大人。會有這樣的發想，是因為我曾在一個非正式的場合聽見她的歌聲，她在半推半就的情形下被拱上臺，然後伴隨她那不知道是裝出來還是自然形成的五音不全聲調，又或許是模仿某位周姓歌手的唱腔，就這麼唱完一段聲稱是自己創作的曲子。我依稀聽到什麼「殘忍」，然後是一大堆的不滿，最後一句好像是「他們都變成

了大人」，其他都聽不清楚，但它竟然模糊的刺中了我。他們都變成了大人……

隔幾天有個機會碰到她，我提出想請她寫點東西的請求，就以那首歌為背景，抒發她的創作理念，一方面真的很想探究她心中的想法，另一方面也算是提供她一個發洩心情的管道。而看她面露有點得意的笑容，我原以為她會順利成為我合作的對象，誰知她又支支吾吾的透露出原來那首歌的「使用權」在某個樂團，還得徵得「他們」的同意才能發表。不過末了她還承諾如果樂團不同意，她就會另外寫一些東西給我。

又過幾天碰到她，隔著人群她愛理不搭的對我喊「他不答應」，也沒一句解釋，自顧跟自己的朋友講話，看我還在注視她，又抬起頭來複述幾次同樣的那四個字，好像也不記得自己答應過我什麼，面對這種死小孩的行徑，我很識相的轉身做我自己的事去。當下是很火大，但我說實在，我也曾經是這樣子的一個死小孩。

現在回想起來，我也不確定當時她到底答應我了沒。那又何妨？有一天她也會變成她所謂的「大人」，不是嗎？或許因為我心中一直保留了這麼一個死小孩「另類」學生的觀點，在教學上我就有了不同於他人的「麻辣」教師的作法。

前一陣子，我應邀在連續兩個週三的下午到臺東縣鹿野國小擔任研習講師。在兩次會面中，我和與會的老師建立起

一些默契。因為講的是我在語文教育及閱讀推動上的經驗與感想，會後我同樣也希望大家能給出一些回應，互相激盪一下想法。他們共同推派了「班長」及「副班長」——蔡正雄主任與陳廣陵老師，廣陵老師與我是舊識，他的分享切合現實，也呼應了諸多我的想法。倒是蔡主任，跟著我一起另類起來，他說在聽我的演講之前，他已經是個沒有手的行政人員（不會過渡干預教學）；從今天起，他會索性把嘴也閉起來。邊說還邊做動作，不難想像他平時與別人相處互動的方式。每個人心中多少會有些另類、有些麻辣，也有些基進吧！

在寫這篇後記那幾天有一個晚上，我趁著幫女兒們洗澡而她們想在浴室裡玩一下水的空檔，窩回餐桌前我的那個位子，讀一本叫做《向生命說謝謝》的書。那是教會裡一位姐妹的遺作，她因為癌症蒙主召回，書中記錄了她在最後那段時間的自我對話。當我沉浸在濃濃的離別氣氛時，我的女兒們光著屁股衝進我的世界，也將我重新拉回當下的現實，真的很感謝我還有時間陪伴她們。看吧！我的生命裡就是這樣時時充滿感動，我又怎麼能不把它們記錄下來？

最後我還是要感謝周慶華老師在百忙之中答應幫我寫序。當我拿著詩稿去找他時，他正趕著帶幾篇論文去搭飛機，我的詩稿稱得上是硬擠進他的行囊跟著上飛機的。創作力十足的他是我學習的對象，尤其他還幫我分類歸納了我的個性類別，具體拼湊出「意爭」的形象（我真喜歡另類這兩

個字）。感謝我的好朋友許靜文老師、陳秋霞老師，她們是我諸多身分的鏡子，幫助我更了解「我」自己。也感謝我親愛的老公，答應幫我寫一些話，這對他來說是一大挑戰。

我曾經幻想過，當我年紀一大把，身上開始出現殘疾病痛，不適合到處活動，而身邊的人或因有事在身，不方便陪伴我，或者另有人生規畫，早走一步，我只能獨自坐在自己編成的搖椅上數日子，到那時候我還可以拿來什麼東西來填補生活中的空缺？

我想，就是「回憶」吧！

陳意爭

寫於二○一一年一月

語言文學類　PG0505　東大詩叢9

邂逅之後

作　　者 / 陳意爭
責任編輯 / 黃姣潔
圖文排版 / 蔡瑋中
封面設計 / 蕭玉蘋

發 行 人 / 宋政坤
法律顧問 / 毛國樑　律師
印製出版 / 秀威資訊科技股份有限公司
　　　　　114台北市內湖區瑞光路76巷65號1樓
　　　　　電話：+886-2-2796-3638　傳真：+886-2-2796-1377
　　　　　http://www.showwe.com.tw
劃撥帳號 / 19563868　戶名：秀威資訊科技股份有限公司
　　　　　讀者服務信箱：service@showwe.com.tw
展售門市 / 國家書店（松江門市）
　　　　　104台北市中山區松江路209號1樓
　　　　　電話：+886-2-2518-0207　傳真：+886-2-2518-0778
網路訂購 / 秀威網路書店：http://www.bodbooks.tw
　　　　　國家網路書店：http://www.govbooks.com.tw
圖書經銷 / 紅螞蟻圖書有限公司
　　　　　114台北市內湖區舊宗路二段121巷28、32號4樓
　　　　　電話：+886-2-2795-3656　傳真：+886-2-2795-4100

2011年01月BOD一版
定價：290元
版權所有　翻印必究
本書如有缺頁、破損或裝訂錯誤，請寄回更換

國家圖書館出版品預行編目

邂逅之後 / 陳意爭著. -- 一版. -- 臺北市：秀威資訊科
    技, 2011.01
      面； 公分. --（語言文學類；PG0505）（東大詩叢；
9）
    BOD版
    ISBN 978-986-221-698-9（平裝）

851.486   99026229

讀者回函卡

感謝您購買本書，為提升服務品質，請填妥以下資料，將讀者回函卡直接寄回或傳真本公司，收到您的寶貴意見後，我們會收藏記錄及檢討，謝謝！如您需要了解本公司最新出版書目、購書優惠或企劃活動，歡迎您上網查詢或下載相關資料：http:// www.showwe.com.tw

您購買的書名：＿＿＿＿＿＿＿＿＿＿＿＿＿＿＿＿＿＿＿＿＿

出生日期：＿＿＿＿＿年＿＿＿＿＿月＿＿＿＿＿日

學歷：□高中 (含) 以下　　□大專　　□研究所 (含) 以上

職業：□製造業　□金融業　□資訊業　□軍警　□傳播業　□自由業
　　　□服務業　□公務員　□教職　　□學生　□家管　□其它＿＿＿＿

購書地點：□網路書店　□實體書店　□書展　□郵購　□贈閱　□其他

您從何得知本書的消息？

　　□網路書店　□實體書店　□網路搜尋　□電子報　□書訊　□雜誌

　　□傳播媒體　□親友推薦　□網站推薦　□部落格　□其他＿＿＿＿＿＿

您對本書的評價：(請填代號　1.非常滿意　2.滿意　3.尚可　4.再改進)

　　封面設計＿＿＿　版面編排＿＿＿　內容＿＿＿　文／譯筆＿＿＿　價格＿＿＿

讀完書後您覺得：

　　□很有收穫　□有收穫　□收穫不多　□沒收穫

對我們的建議：＿＿＿＿＿＿＿＿＿＿＿＿＿＿＿＿＿＿＿＿＿

11466
台北市內湖區瑞光路 76 巷 65 號 1 樓

秀威資訊科技股份有限公司　　　收

BOD 數位出版事業部

....

（請沿線對折寄回，謝謝！）

姓　　名：＿＿＿＿＿＿＿＿　年齡：＿＿＿＿　性別：□女　□男

郵遞區號：□□□□□

地　　址：＿＿＿＿＿＿＿＿＿＿＿＿＿＿＿＿＿＿＿＿＿

聯絡電話：(日)＿＿＿＿＿＿＿＿＿　(夜)＿＿＿＿＿＿＿＿＿

E-mail：＿＿＿＿＿＿＿＿＿＿＿＿＿＿＿＿＿＿＿＿＿